ANTOINE PINCHON.

Conte américain.

ANTOINE Pinchon fut de son temps un hardi voyageur. Il fut un des premiers aventuriers qui poussèrent jusqu'aux Dacotas. Dans ce temps-là, il faisait bon trafiquer avec les Indiens. L'Indien était encore loin de cette astuce plus qu'européenne qui le distingue de nos jours; l'Indien avait la bonhomie d'un homme primitif peu versé dans la connaissance des échanges et s'accommodant aussi bien d'un bouton d'uniforme qu'il s'accommode aujourd'hui d'une pièce d'or.

Je le répète, c'était le bon temps du négoce. Le négoce venait de naître sous ces vieilles forêts et il était d'une docilité à toute épreuve. Aujourd'hui tout est bien changé. Aujourd'hui un Indien vous vendrait plus difficilement une peau de martre qu'il n'aurait vendu, au temps d'Antoine Pinchon, sa femme, ses petits et lui-même. Le siècle de fer a paru en Amérique, que voulez-vous?

Il faut dire aussi qu'en même temps que l'Indien était plus facile dans les transactions commerciales, il était aussi beaucoup mieux pourvu des marchandises que lui demandait l'Europe. La pelleterie, cette précieuse denrée, courait çà et là, en chair et en os, dans les bois, sur le bord de la mer, partout; féroce, vivace, nombreuse, familière, hardie, se laissant approcher tant que voulait le chasseur. Les renards donnaient leur fourrure sans trop se débattre; les martres se laissaient tuer sans trop s'enfuir; le buffle accourait sous la flèche, offrant de lui-même sa vaste poitrine : c'était un paradis terrestre pour le chasseur.

A présent le paradis terrestre est devenu quelque peu stérile. La marchandise des forêts a pris la fuite, le buffle a emporté dans les terres sa peau robuste. Les Dacotas paieraient volontiers pour voir une martre un jour de foire, comme nous payons pour voir un mouton à six pattes; c'est à peine si dans les plus sombres forêts, le plus habile chasseur, après toute une saison de fatigues, rapporte un paquet de peaux de rats musqués, excellent préservatif contre les rhumatismes de la marine marchande. Mais c'est déjà trop parler négoce, d'autant plus qu'Antoine Pinchon, quand il dit adieu à son joli hameau canadien, n'avait pas d'autre ambition que l'ambition du chercheur de mondes. Faites donc place au Christophe Colomb de Montréal!

Car il était né à Montréal, dans le printemps des pommiers, sous la fleur du pommier; d'un père normand et d'une mère normande, en plein accent, en plein esprit, en plein courage normand. Hasardeux et entêté comme une tête ronde et grosse qu'il était. Jeune enfant il avait été volontaire comme un dindon de France; or sa plus grande volonté avait été de ne rien faire et de ne rien apprendre, ni à lire, ni à écrire, ni à saluer, ni à se moucher avec un mouchoir de poche, ni à se servir du peigne ou de la brosse ou du savon, toutes choses trop civilisées pour cette nature de paysan, entée sur une nature de sauvage. Bref, à force de ne rien vouloir, il s'était élevé au niveau brut d'un véritable Canadien. Il était bien plus qu'un Canadien, ma foi ! il était Canadien Normand, ce qui signifie tout autant qu'Anglo-Saxon. Jugez!

Tout petit qu'il était, il méprisait la messe autant que Voltaire, il avait les pédans en horreur autant que Lafontaine, il détestait les moines autant que Diderot, il jurait comme Jean Bard et buvait comme Piron, il eût défié le duc de Richelieu en amour, c'était un diable. A vingt ans il était l'effroi, même du cabaret; à vingt ans il avait battu son père, fait des dettes, enlevé des filles, et comme Shakspeare il était forcé de s'expatrier par précaution.

C'était comme vous voyez un sujet passablement distingué.

Sa résolution ne fut pas tellement hâtée de quitter le monde civilisé, qu'il n'eût pas eu le temps de réfléchir et de prendre son élan avant de franchir cette mince limite, qui, dans ces régions sauvages, sépare la forêt de la ville, la hutte de la maison, le mocassin du soulier ferré, et le chapeau du diadème de plume autour de la tête. Il fit donc acte d'homme libre même dans cette action forcée. Il suivit en ceci la haute estime qu'il avait vouée à quelques-uns de ses camarades des hautes terres du Nord, en capote bleue et au baudrier luisant, costume habituel des aventuriers de forêts. Il aimait ces chevaliers d'industrie de la solitude, ces faiseurs de dupes des déserts, ces coupe-jarrets de prairies. Tout en buvant avec eux, il ne se lassait jamais de leur entendre raconter leurs fabuleuses aventures; c'étaient en effet d'étranges accidens. — Histoires de cavernes pleines de chacals; — d'antropophages accroupis au foyer, et dévorant des os humains tout garnis de chair; — de cannibales qui se mangent entre eux, tout vifs et presque tout crus; — et autres histoires de crânes et de morts délicieuses à entendre.

Aussi eût-il donné son temps et son argent pour ces histoires. Ces histoires-là, c'étaient ses mélodrames; ce cabaret-là, c'étaient la Gaieté ou l'Ambigu; c'était son émotion dramatique du boulevard; il écoutait bouche béante, en vrai Parisien. Antoine Pinchon avait la vocation de Pizarre, il fut Antoine Pinchon.

Son père n'eut donc pas grand'peine à lancer dans les voyages l'intéressant jeune homme. La nature avait parlé, il n'eut pas besoin d'attendre la voix du Constable, il s'engagea donc sous les ordres d'un aventurier provençal, M. Louis, qui cherchait des hommes de bonne volonté pour l'exploration de la rivière de Saint-Pierre; puis après avoir écouté en ricanant l'admonition paternelle, il se lança dans le désert à la suite de son chef, qui lui promit 500 livres de gages par an.

Nous ne sommes guère en fonds ni en veine de nous attendrir sur les exploits de Pinchon. Aussi bien l'admiration n'est-elle pas facile à exprimer pour un pareil héros. Toutefois nous ne doutons pas que ses aventures écrites par quelque plume pittoresque et savante, n'excitassent autant d'intérêt que les aventures de Romulus ou de Rob-Roy, si l'histoire d'Antoine Pinchon était écrite par Plutarque ou par Walter-Scott. Quant à nous, nous donnerons cette histoire toute nue, telle qu'elle nous est venue, et le lecteur pourra juger ce que cela eût été sous de pareils écrivains.

Pinchon partit donc joyeux et leste, laissant au rivage la bénédiction paternelle, mais emportant dans sa poche une bourse garnie d'écus à l'effigie du plus puissant des Louis. Il monta le vaisseau de son provençal avec six gaillards de sa force, et la rivière retentit long-temps d'une grave chanson nouvelle du pays, dont M. Moore a fait la plus délicieuse ballade de petits jeunes gens et de belles petites maîtresses qui ait jamais légèrement retenti sur un piano d'acajou.

Le voyage gaiement commencé continuait gaiement. Ils glissèrent bientôt sur les bords unis de l'Utawa; à leur aspect, les bourgeois et les bourgeoises de l'endroit sortirent de leurs maisons blanchies, et allant au devant d'eux, leur offrirent l'hospitalité du rivage, du porc bouilli et des pois rôtis; cela dura tant que la civilisation put les suivre, leur tendant les mains d'un rivage à l'autre avec le sourire de la bienvenue; mais peu à peu le rivage se dégarnit; la civilisation, qui avait fait si bonne conduite à nos aventuriers n'osa pas aller plus loin; elle marchait lentement, elle s'arrêta tout-à-coup, fatiguée d'avancer, et notre Provençal fut tout-à-coup en plein désert. Alors plus de bourgeois, plus de bourgeoises, plus de maisons blanches, plus de porc et plus de pois rôtis. Tout s'en fut, l'illusion s'envola la dernière, comme fait le ramier quand tous les autres oiseaux ont quitté l'arbre épais. La disette les jeta tous dans les grandes inquiétudes à mesure qu'ils entraient dans les grandes eaux; ils n'eurent plus pour nourriture qu'une once de farine mélangée avec du suif indien, véritable pommade à faire pousser des cheveux dans la gorge. Toutefois, la traversée se fit tant bien que mal; tout l'équipage conserva si bien sa belle humeur, que, malgré les coups donnés et reçus par Antoine Pinchon en guise de pitance, tout le monde arriva bien dispos et bien portant sur le bord du lac Nipissing.

Ce fut là que notre héros rencontra sa première prouesse, et découvrit le germe d'héroïsme qui se tenait caché chez lui. Ils cotoyaient la rive Nord du lac Huron, ils allaient d'une île à l'autre, tantôt avec la voile, quand la brise était bonne, tantôt avec la rame, quand le vent mollissait; tout-à-coup le bateau frappe contre un rescif, l'eau pénètre de toutes parts; nos hardis marins, voyant entrer la mer, se mettent à pleurer comme des enfans que le courant entraîne, chacun était à son propre danger sans songer à celui de tous. C'en était fait de l'équipage et de notre histoire sans Pinchon. Mais Pinchon est là, Pinchon découvre l'horrible voie d'eau, il la bouche. Il étend les couvertures du navire, il jette sur les couvertures le suif et la farine, l'eau n'entre plus. Le bateau se relève, Pinchon et mon histoire sont sauvés,

Dieu merci! Le chef du navire, voyant cette belle conduite de Pinchon, augmenta ses gages de cinquante écus par an et le déclara *ancien* sur l'entre-pont. Ainsi il était *ancien* à l'âge où les hommes sont à peine des hommes, et à plus forte raison des marins.

Cependant ils marchaient toujours tant bien que mal, mangeant le suif qui avait bouché le trou du navire, et se le disputant comme de beaux chiens. Parvenu à la partie Est du lac Winebago, le navire fut arrêté par un mauvais vent en poupe, et ils eurent tout le temps d'admirer la basse-cour du rivage, basse-cour de forêts toute pleine d'oies et de canards; à voir descendre les nuées de cygnes et de pélicans on eût dit la neige qui tombe, ou le nuage uni, blanc et continu! Outre les canards et les oies, les pélicans et les cygnes, ils virent arriver une armée de sauvages en costume de guerre, qui réclamaient autour du bateau le denier du voyageur, c'est-à-dire tout ce que le bateau contenait, corps et ame; nos voyageurs auraient été plus à l'aise à quelque douane anglaise ou française, qu'en présence de ces insulaires; le Provençal, malgré tous ses jurons, ne savait à quel saint se vouer.

Dans ce pressant danger, Pinchon, qui avait son sang-froid des tempêtes, demanda à M. Louis, — s'il voulait sauver le navire? Et comme M. Louis ne répondait pas, il se mit encore une fois à le sauver sans attendre de réponse. Alors il demanda à ces sauvages ou leur fit demander : — Que voulez-vous? Les sauvages s'écrièrent : — Nous voulons de la poudre? — C'est bien, dit Pinchon. Et il se mit en devoir de leur donner de la poudre. Il plaça donc les barils dans le centre du bâtiment, près du réservoir aux boulets. Après quoi il fit signe aux sauvages d'approcher : ceux-ci arrivèrent, tendant, les uns leurs cornets à poudre, d'autres leurs chemises de calicot, ceux-ci leurs mains jointes; et il donnait la poudre, et il la jetait sur leurs mains, sur leurs visages, sur leurs poitrines, et les sauvages emportaient la poudre jusqu'au rivage; et quand la traînée fut prête, il y mit le feu avec sa pipe, et ce fut effrayant à voir. Et toute la troupe des sauvages ne fut que feu et fumée, et le rivage retentit de hurlemens, et Pinchon se mit à rire comme un philosophe stoïque; et tout-à-coup le vent changea, et le vaisseau continua sa route au milieu d'une forte odeur de roussi et de vives imprécations sauvages en très-bon Néerlandais. Telle fut la seconde prouesse de notre héros.

En ce temps-la Pinchon qui se connaissait en hommes, fit amitié avec un homme de sa trempe, physique et morale. Il se prit de belle passion pour un de ses compagnons, Michel Le Duc, fort versé dans l'escrime et les langues indiennes, commerçant également recommandable comme porte-faix et comme escroc. De son côté, Michel Le Duc ne tomba pas moins amoureux d'Antoine Pinchon. Le digne couple, ayant mis en commun ses ressources, son adresse, son esprit, devint bientôt plus maître de l'équipage que ne l'était lui-même le patron provençal. Nicolas et Michel firent la loi à ce vaisseau dans lequel ils étaient entrés comme aspirans de seconde classe. Leur capitaine n'en fut plus le maître qu'à force d'eau-de-vie, de porc salé, de louanges et d'argent comptant. Du reste, pourvu que Michel fût aussi content qu'Antoine, et Antoine aussi content que Michel, la manœuvre allait comme il plaisait à Dieu.

Pauvre capitaine provençal ! Il regrettait amèrement la traite des noirs, qu'il avait quittée, et souvent il se prenait à soupirer en songeant qu'au lieu d'acheter des peaux de bêtes féroces, il aurait fait un excellent marchand de peaux de lapins ;

mais il n'était plus temps de faire ces réflexions.

On descendit ainsi le Wisconsin, et tout en remontant le Mississipi, on fit rencontre d'un grand nombre de Dacotas, qui allaient en troupes comme de vrais sauvages. Ces bonnes gens étaient chargées de pelleteries en si grand nombre, et si belles, et si tachetées, que le maître de la barque fit jeter l'ancre, et vint à terre portant des paroles de commerce et d'échange. Il avait en effet de très-beaux grains de verres de couleurs, de très-superbes boutons de cuivre, de très-précieuses bagues de laiton, de très-soyeux mouchoirs de coton, de la très-rouge indienne et de la très-brûlante eau-de-vie à l'usage de ces messieurs; le tout à donner pour quelques fourrures. Il venait tout exprès pour se faire tromper par les sauvages, à l'en croire. Les sauvages qui riaient déjà se mirent à rire plus fort encore. Il prièrent les Européens d'assister à leurs jeux : les jeux, c'étaient la course et la flèche, comme dans l'Énéide. Il y avait aussi, comme dans l'Énéide, des prix pour les vainqueurs. C'étaient des pelleteries à faire plaisir à un Czar. L'équipage assista donc à une de ces courses à pied.

Les sauvages couraient on ne peut mieux.

Pinchon, qui n'avait pas encore l'embonpoint qu'on lui a connu depuis, mais qui cependant prenait déjà la tournure d'un marin consommé, demanda à courir contre le plus musculeux de la bande, un grand sauvage nerveux, coriace, tout nu, tout cru et sans ventre; la place du ventre, voilà tout; et en dehors de ce ventre étaient des jarrets de fer, souples comme l'acier; puis une poitrine, ma foi! on l'eût dit alimentée par un soufflet de forge. Quand l'équipage entendit que Pinchon voulait courir avec le sauvage, l'équipage fut si étonné, qu'il y eut un matelot qui fit le signe de la croix.

On fit donc un pari considérable. Les sauvages entassèrent fourrures sur fourrures pour leur coureur; Nicolas et Michel tinrent les enjeux. On donna le signal: les lutteurs prirent leur essor; au bout du bois, le sauvage qui avait cinquante pas d'avance tomba la face contre terre, comme tiré par un fil invisible. Antoine Pinchon toucha le but en allant au pas. L'équipage s'emparait des enjeux pendant que le pauvre coureur indien regardait à ses pieds l'obstacle inattendu qui l'avait fait si brusquement tomber. A ses pieds il n'y avait pas un seul obstacle; la terre était unie comme une glace: seulement le bout d'une ficelle verte sortait en ricanant de la poche gauche de Michel Le Duc, l'ami, l'associé et l'égal de Nicolas Pinchon. Pauvre sauvage !

Alors Pinchon et Michel, qui avaient beaucoup de fourrures, proposèrent au capitaine provençal d'acheter leurs fourrures. Le capitaine y consentit. On débattit long-temps sur le prix ; à la fin, comme les fourrures étaient belles et le bateau mauvais, il fut arrêté que le capitaine donnerait son bateau pour les fourrures. On se tapa dans les mains, on but le coup du marché ; rien ne manqua à la vente : Michel et Antoine prirent le bateau, le Provençal les fourrures ; et tout en prenant les fourrures, il n'aspirait plus qu'à l'instant où il serait délivré de Michel et d'Antoine.

Mais le capitaine était loin du compte avec Nicolas et Michel. Il avait ses fourrures, il était sur le rivage, et quand il voulut faire monter les fourrures dans le bateau, Nicolas et Michel lui crièrent : — Le bateau est à nous ! nous ne voulons ni passager ni fourrures ; restez ou vous êtes, vous et vos fourrures, adieu ! ou bien si vous voulez revenir avec nous, donnez-nous vos fourrures pour le passage, et vous aurez le passage, le blé et du suif pour manger avec votre blé, le tout à discrétion.

Le marchand, éperdu de chagrin, livra les fourrures pour n'être pas assassiné et pillé par les Indiens : on mit ses fourrures en réserve dans le bateau.

Et puis quand il eut livré toutes ses fourrures on oublia le marchand sur le rivage pour reconnaître, par quelque petit présent, l'hospitalité des Indiens.

C'étaient de grands plaisans, Nicolas et Michel ! J'oubliais de vous dire qu'avant de partir ils avaient fait la plaisanterie de prendre chacun une femme indienne, à laquelle ils avaient donné leur nom et un enfant; ils partirent, laissant ces pauvres femmes avec le nom et l'enfant qu'elles en avaient reçus : triste présent !

Du reste leur voyage, même avec leur conscience en croupe, fut des plus agréables. Ils arrivèrent à Michillimackinac avec leur bateau et leurs fourrures, qu'ils vendirent avec un gain honorable, vu surtout ce qu'elles leur avaient coûté. Puis ils demandèrent au gouverneur un service plus régulier, et le surintendant du dépôt, faisant droit à leur demande, nomma Michel Le Duc interprète, et donna à Nicolas Pinchon une barque et des hommes pour s'avancer dans l'intérieur du pays.

Ce diable de Le Duc ne voulut pas laisser partir à jeûn la barque de son ami Pinchon, et pour cela il imagina un très-bon tour.

Il y avait à Michillimackinac un *mangeur de lard*, comme on appelle les nouveaux engagés qui arrivent à Quebec. Ce garçon, innocent et chrétien, était de plus gardien du dépôt. C'était lui qui tenait le magasin aux fourrures. Michel résolut de se servir du mangeur de lard pour remplir la barque de son associé Nicolas.

Il prit donc l'air, le costume, et presque le visage d'un révérend missionnaire, M. Badin, qu'on attendait dans l'établissement de jour en jour, et la veille du départ de Pinchon on vit arriver le faux missionnaire. Il fut reçu avec acclamation par le village. Il y avait si long-temps que le village était privé de son père spirituel! Aussi la foule fut grande au confessionnal. Le misérable Michel se réjouit avec le sacrement de pénitence : ceux qui ne furent pas ses dupes lui servirent de bouffons. Le malheureux gardien fut le dernier à venir. Il avait été occupé tout le jour à chercher quelque péché au moins mortel, et c'est à peine si, tout en épluchant sa conscience, il y trouvait quelque péché véniel. Enfin il arrive, il raconte au prêtre ses crimes, innocens comme ceux d'une fille de seize ans. Le faux Badin, à ce récit, pousse de longs soupirs de contrition ; il menace de l'enfer le pénitent qui est à ses pieds : il fait parler le diable. Bien plus, il lui annonce la visite du diable. — Ce soir, à neuf heures, tu le verras venir ; mon fils ! jette-lui les pelleteries à la tête avec des signes de croix, mon fils ! Jette-lui tout, peaux de castors, hermines, loutres, tout ce qui tombera sous ta main ; puis bouche-toi les yeux, et prie tout bas. Je te bénis, mon fils !

Les deux amis s'enfuirent la même nuit dans la barque du gouvernement, avec les rameurs du gouvernement, emportant les fourrures du gouvernement. En chemin ils échangèrent leurs peaux contre de l'or et une pacotille ; puis ils arrivèrent, dans les premiers mois de l'hiver, au cap Pépin, et s'arrêtèrent à la pointe aux Sables. Là, ils établirent une espèce de banque sauvage. Ils confiaient à des Indiens en crédit quelque partie de leur pacotille, payable à l'époque où le printemps remplace la saison des chasses.

Et comme ils ne savaient à quoi passer leur plus longs momens d'oisiveté, ils se marièrent, pour la seconde fois, à des filles indiennes, leur apprenant à la fois le jeu, le vin et l'amour, et les civilisant au grand complet, jusqu'à là chique et à la fumée de tabac inclusivement.

C'était là une joyeuse vie! d'autant plus joyeuse que nos héros avaient à défricher en grand ce nouveau monde moral. Et quel monde! des ames d'Indiens, neuves encore, mais aussi portées à la corruption que si elles avaient pris naissance au faubourg Saint-Marceau! Une vraie cire pour tous les vices de l'Europe, pour les passions de l'Europe. Des oreilles aussi intelligentes que leurs estomacs! si bien que nos deux professeurs émérites, Antoine et Michel, donnèrent des leçons de corruption à qui en voulait dans la forêt. Ils se mirent en chaire, mangeant, buvant et se mariant, à l'admiration de tous. Les Indiens accouraient et regardaient bouche béante, l'esprit aussi béant et les sens aussi béans que la bouche! Je vous laisse à juger quels progrès!

Les leçons amusaient autant les professeurs que les disciples, d'autant plus que les premiers espéraient y trouver leur compte. Mais, ô vanité de la science humaine! il se trouva que les enseignemens de nos commerçans eurent bientôt tourné contre eux-mêmes. Ils avaient semé la fraude, ils recueillirent le vol. Leurs dignes disciples les Indiens se mirent à rire au nez des deux professeurs, quand ceux-ci, après la saison des chasses, voulurent rentrer dans leurs avances. Il n'y avait plus ni foi, ni religion, ni conscience, ni probité, ni souvenir du gage reçu, ni, en un mot, aucune espèce de conscience chez les Indiens, après un hiver passé à entendre et à voir agir leurs dignes modèles. Pinchon s'était ruiné à force d'avoir été avocat éloquent et persuasif de la corruption. Pinchon se mordait les poings, et regrettait l'innocence des Indiens, plus qu'il n'eût regretté l'innocence de sa femme ou de sa fille aînée, le digne commerçant!

Cependant, pris dans son piège, ou, si vous aimez mieux, pris dans son propre vice, son habileté ordinaire ne l'abandonna pas. Il voulut montrer combien, à somme égale, le vice civilisé l'emporte sur le vice sauvage, l'habileté sur l'astuce, le scélérat blanc sur le fripon crépu. Pinchon fut de tous temps fort jaloux de témoigner, en toutes circonstances et en tous lieux, et à tout prix, pour la gloire et pour la supériorité des blancs.

Comme donc un de ses meilleurs élèves en ivrognerie, en débauches, en parjures et en mensonges de toutes sortes, un de ceux à qui il avait donné le plus d'eau-de-vie et de munitions, et d'enseignemens pratiques, fut venu devant sa boutique pour se moquer de lui, Pinchon! dansant devant lui, négociant dupé! en chantant de folles chansons, les bras ornés de boutons d'argent et le corps orné aussi d'une culotte de peau; Pinchon, à la vue du luxe dont il était la victime et la dupe, à la vue de ces boutous d'argent et de cette culotte qu'il avait payée; humilié de se sentir l'inférieur et la dupe d'un pareil chevalier d'industrie, Pinchon, ne pouvant ni se battre en duel, ni jouer aux cartes avec son ennemi qui se refusait à toute espèce de duel, tant il était encore peu civilisé..... bref, la fureur emporta Pinchon; il ne se connut plus à l'aspect du sauvage triomphant; il tomba à l'improviste sur le sauvage, et, moyennant un croc en jambes et un grand trou à la tête, il lui ôta facilement ses boutons d'argent, sa culotte de peau et même ses deux longues oreilles, qu'il arracha très-proprement avec son poignard. Puis, d'un coup de pied il rejeta le sauvage dans ses forêts, en lui rendant ses oreilles toutefois; car Pinchon était honnête à sa manière, et il ne voulait rigoureusement que ce qui lui revenait.

Vous sentez que pareille action fit du bruit

dans le désert. Le sauvage, sans oreilles et tout sanglant, parla aussi haut aux Indiens que le poignard de Virginie aux Romains primitifs. Il y eut émeute dans la forêt. La colère des sauvages s'en vint toujours grossissant jusqu'à la tente de nos deux marchands : ce fut un épouvantable bruit. Les Indiens voulaient la mort de Pinchon. Ils brandissaient à outrance leurs tomahawks ! ils étaient laids à faire peur. L'associé de Pinchon, Michel, se trouvant seul dans cette horrible mêlée, ne savait que répondre à toutes ces dents blanches sur des lèvres noires qui s'écriaient : *Pinchon! Pinchon!* Michel avoue que ce jour-là il ressentit quelque chose qui ressemblait à de la peur.

Tout à coup, au moment où Michel était le plus embarrassé, cherchant son associé de tous ses regards et de toute sa peur, il vit au loin venir quelque chose à quatre pattes, suivi par des chiens. C'était un animal énorme qui marchait lentement ; c'était Pinchon à quatre pattes. Il avait arrangé sur son corps les dépouilles d'un daim, et il arrivait ainsi vêtu, disant qu'il était changé en bête, et donnant tous les signes de la folie la plus complète : si bien qu'il devint tout d'un coup une chose sacrée. La colère de l'Indien fit place au respect ; et les mêmes hommes, qui tout à l'heure auraïent dévoré Pinchon, s'il fût resté homme, le voyant devenu bête, le comblèrent de salutations et de caresses. Chacun s'empressa de lui faire ses offrandes comme à un Dieu ; les plus endurcis lui payèrent ce qu'ils lui devaient, avances et intérêts ; il n'y eut pas jusqu'au sauvage sans oreilles qui ne vînt baiser Pinchon à l'orteil. Pinchon, en se débattant, lui cassa une dent d'un coup de pied, ce qui fit beaucoup rire les sauvages, ses amis. Ainsi, grace à sa prétendue folie, il sauva tout ce qu'il avait perdu, sa peau par-dessus le marché de fourrures. Il quitta ces rivages chargé de pelleteries et de bénédictions.

Une fois sorti de ce mauvais pas, rien ne pouvait plus l'étonner ou lui faire peur. Il était devenu si délié, si souple, si expert, si fertile en expédiens, qu'il eût défié à lui seul tout le nouveau monde. Il était bien mieux qu'un sauvage civilisé ; il était un civilisé devenu sauvage. Même taille, même force, même habileté, même souplesse, même insouciance apparente, même sommeil monotone. Et avec cela l'activité, la conversation, l'effronterie, le mensonge, l'escroquerie, le vol, toutes les qualités qui se recueillent d'ordinaire dans les carrefours et dans les tripots d'une ville capitale. Si bien qu'il n'y eut jamais d'aventurier plus accompli; se déguiser, changer de parti, se vendre deux fois, acheter les autres, ne payer personne, et cela à toute heure, la nuit et le jour, l'été et l'hiver, en mer, en rivière, dans la forêt, sur la montagne, — il était sublime! son ancien, Le Duc, ne pouvant plus le suivre d'un pas égal, renonça à être son ami et se fit son laquais, voulant au moins le suivre de loin. Le grand homme y consentit.

Je ne pourrais entrer dans tous les détails de cette vie aventureuse de notre marchand. La liste de ses exploits serait trop longue et vous paraîtrait incroyable. Dans le nombre je choisis les plus vraisemblables. Entre autres, ce qui lui arriva au port de Wisconsin, à son retour du pays des Sious, est une chose très à part dans les choses possibles. Il était donc dans son bateau, remontant le fleuve; ce bateau était chargé de pelleteries jusqu'aux bords. Vint l'orage, puis la tempête, la barque fut remplie d'eau, il fallut prendre terre et faire sécher les précieuses fourrures au soleil. On prit terre, on étala les fourrures au soleil et l'on attendit. Le soleil survint beau et radieux. Comme il pénétrait les pelleteries de son feu bienfaisant, un énorme serpent à sonnettes s'en vint mollement s'étendre sur les molles fourrures. Chacun sait que le serpent à sonnettes est dans le fond un bon et pacifique animal quand il est repu, et tant que durent ses longues et faciles digestions, pas traître surtout et fort estimé dans son pays parce qu'il avertit toujours son ennemi avant de l'attaquer. L'animal était donc étendu au soleil sur les marchandises de Pinchon : la familiarité déplut à Pinchon, et il paria vingt écus qu'il irait seul dire à l'animal ; *va-t'en!*

Ce qui fut dit fut fait. Pinchon se traînant à terre, car il avait appris à ramper sur le ventre presque aussi bien qu'un boa, s'en fut au serpent qui le regardait tranquillement venir. Il approcha de l'énorme bête, puis, tout à coup tirant son sabre, il coupa le col du reptile, qui fut aussi étonné que les Indiens. C'est un exploit dont la forêt a retenti long-temps ; Antoine en eut presque la cuisse cassée du dernier coup de queue, tant ce serpent était un terrible animal. Mais il paraît que Pinchon le surprit soit dans cet état de moitié veille, si délicieux pour le serpent, soit dans un de ces instans de découragement et de dégoût auxquels toutes les puissances de ce monde sont sujettes. C'était un des plus grands serpens qu'on pût voir, et l'un des plus musculeux : il avait vingt-trois grelots bien comptés.

Hélas! ce héros, Antoine Pinchon, après tant de bonheurs de toutes sortes, échappé qu'il était aux civilisés et aux sauvages, au buffle et à l'homme, à l'Indien et au serpent, au carcan et au tomahawk; par la mer, par la poudre, par l'eau-de-vie, par l'amour, par le mariage, par la paternité, par le sacrilège; tanné de corps et d'ame; fumé comme un hareng, et fait pour se conserver jusqu'à cent ans! Cet homme à l'épreuve de tout, ne fut pas à l'épreuve d'un mouvement de jalousie. La femme fit trébucher cet inébranlable héros. Son ami, son domestique, son associé, son esclave Michel, n'ayant pas pu le suivre dans ses exploits de commerce et de guerre, n'avait pas renoncé à le suivre dans ses exploits d'amour. S'il s'était avoué son inférieur vis-à-vis les tigres et les serpens à sonnettes, il était toujours resté son égal pour ce qui est des femmes à subjuguer. Cette égalité-là déplaisait à Pinchon dans ses momens d'oisiveté et de repos. Il voulait que son domestique fût tout à fait son domestique en amour comme en guerre, sauf à ne pas lui payer ses gages pour ne pas l'humilier; car Pinchon se souvenait de leur ancienne égalité. Voilà ce que Michel ne comprit pas. Il alla sur les brisées amoureuses de son maître. Pinchon le surprit aux bras d'une squaw qu'il aimait. Je ne vous dépeindrai pas sa fureur! il fut si furieux, qu'il appela Michel en duel, un duel à mort.

Michel Le Duc accepta le duel en homme civilisé, sauf à se battre en sauvage après. La ville et la forêt avaient leur part égale dans le cœur de Michel comme dans celui de Pinchon.

Cela fit un beau spectacle aux Indiens. Les deux champions se rendirent sur le terrain, chacun armé de deux fusils du nord. Ils prirent vingt yards de terrain, et chacun mit son ennemi en joue. La main de Pinchon lui tremblait pour la première fois; son œil était obscurci, sa poitrine râlait, il était mal à l'aise. Il visait Michel au cœur, il le toucha au chapeau. Michel releva son chapeau, et au même instant, avec un joyeux sourire, il jeta une balle dans le ventre de son maître. Pinchon bondit en l'air à cinq pieds de haut, puis son corps retomba comme une masse, aux grands éclats de rire des sauvages; Le Duc alla dîner avec la squaw. Faites-vous donc tuer pour les femmes sauvages après cela!

Ainsi mourut Pinchon. Nous avons fait sa

biographie parce qu'il fût le premier qui jeta, développa et mûrit les germes les moins incontestables de la civilisation de l'Europe dans cette longue terre des Dacotas, qui était encore sauvage avant lui. Antoine Pinchon fut le premier bienfaiteur de ces forêts : il leur enseigna le parjure, le mensonge, le vol, et le viol, et la pluralité des femmes, et l'abandon des enfans, et le mensonge, et la violation du serment ; il leur enseigna l'ivrognerie, la gourmandise, la colère, les sept péchés capitaux, moins la paresse, le plus innocent de tous, qui est d'ailleurs un péché tout indien; il civilisa à lui seul plus de vingt mille sauvages, et par ses actions comme par ses exemples, par sa vie comme par sa mort, il définit la vertu à la manière de Brutus, *un nom!*

On conçoit que, grace à sa moralité et à son peu de préjugés en amour, Antoine ait laissé de sa race dans le pays. C'est là une graine qui pousse vite, jetée au hasard et féconde comme l'ivraie ; mais semblable au bon vin qui tourne à l'aigre, ces petits civilisés sont devenus sauvages à s'y méprendre. L'Europe a cédé dans leur ame la place à l'Amérique; le Dacotas a étouffé le Normand. Toutefois le bon sang ne peut tout à fait mentir. On a retrouvé à plusieurs reprises la race Pinchon à la tête des affaires Dacotas. Un descendant au cinquième degré de notre héros a signé un traité à Saint-Pierre, en l'an 1800, avec le général Pikle. Ce jeune homme, outre son incontestable capacité politique, était un très-célèbre buveur de whisky.

C'est un fils de ce même descendant au cinquième degré qui fit au colonel Shelling cette réponse mémorable. Le colonel lui demandait pourquoi il portait le deuil de son père en se barbouillant le visage de suie : — Nous mettons de la suie à nos visages, répondit celui-ci en vrai Pinchon, parce que la suie est moins chère et aussi noire qu'un habit noir. Chargez-vous de notre deuil, nous nous chargerons du vôtre, si vous voulez.

Enfin, à la septième génération, on a montré à Londres, par curiosité, un petit Pinchon qui avait la tête et les griffes d'un chat. Les badauds de Londres, moyennant six pence, allaient admirer ce monstre sans se douter que ce monstre était sorti, certainement, d'un pur sang normand, transvasé quelque peu, il est vrai.

Jules Janin.

www.ingramcontent.com/pod-product-compliance
Ingram Content Group UK Ltd.
Pitfield, Milton Keynes, MK11 3LW, UK
UKHW032027260826
14628UKWH00006B/2788

9 782019 151423